www.ingramcontent.com/pod-product-compliance
Lightning Source LLC
LaVergne TN
LVHW020442080526
838202LV00055B/5315
* 9 7 8 8 1 1 9 0 2 2 0 6 9 *

سات کہانیاں

(بچوں کی کہانیاں)

مصنف:

یوسف ناظم

© Taemeer Publications

Saat Kahaniyaan *(Kids stories)*
by: Yusuf Nazim
Edition: February '2023
Publisher & Printer:
Taemeer Publications. Hyderabad.

ISBN 978-81-19-02206-9

مصنف یا ناشر کی پیشگی اجازت کے بغیر اس کتاب کا کوئی بھی حصہ کسی بھی شکل میں بشمول ویب سائٹ پر اَپ لوڈنگ کے لیے استعمال نہ کیا جائے۔ نیز اس کتاب پر کسی بھی قسم کے تنازع کو نمٹانے کا اختیار صرف حیدرآباد (تلنگانہ) کی عدلیہ کو ہو گا۔

© تعمیر پبلی کیشنز

کتاب	:	**سات کہانیاں**
مصنف	:	**یوسف ناظم**
صنف	:	ادب اطفال
ناشر	:	تعمیر پبلی کیشنز (حیدرآباد، انڈیا)
زیر اہتمام	:	تعمیر ویب ڈیولپمنٹ، حیدرآباد
تدوین / تہذیب	:	مکرم نیاز
سالِ اشاعت	:	۲۰۲۳ء
تعداد	:	(پرنٹ آن ڈیمانڈ)
طابع	:	تعمیر پبلی کیشنز، حیدرآباد – ۲۴
صفحات	:	۵۲
سرورق ڈیزائن	:	مکرم نیاز

فہرست

	پیش لفظ	6
(۱)	کرکٹ کا شوق	8
(۲)	نئے شیخ چلی	13
(۳)	کہانی ہیرے جواہرات کی	18
(۴)	ہم مہمان بنے	26
(۵)	پانی	32
(۶)	گھر کی مرغی	40
(۷)	مٹاپا بھی اچھی چیز ہے	44

پیش لفظ

دنیا کی ہر زندہ زبان میں بچوں کے ادب پر خصوصی توجہ دی جاتی ہے، رسالے اور جرائد بھی شائع ہوتے ہیں جو بچوں کی ذہنی نشو نما میں اہم کردار ادا کرتے ہیں۔ اردو شاعری اور نثر میں بھی ابتدا ہی سے ایسی کاوشیں کی گئی ہیں۔ لاتعداد ادیب و شعرا نے بچوں کے لیے لکھا ہے۔ شاعری میں اگر علامہ اقبال، اسماعیل میرٹھی، شفیع الدین نیر، شوکت پردیسی وغیرہ کے نام سامنے آتے ہیں تو نثر میں پریم چند، کرشن چندر، عصمت چغتائی، قرۃ العین حیدر، رام لعل، سراج انور، واجدہ تبسم وغیرہ نے بچوں کے لیے بہت کہانیاں اور کتب لکھی ہیں۔

آج کے دور میں جب دنیا سے محبت، مروت اور انسان دوستی جیسے جذبات ختم ہوتے جا رہے ہیں، لوگ پریشان ہیں تو دنیا کو یوسف ناظم جیسے لوگوں کے فن کی ضرورت ہے جو دنیا کو ہنسانا سکھا سکیں تاکہ لوگ خوشدلی سے زندگی جینے کے فن سے آشنا ہوں۔

یوسف ناظم (پیدائش: ۷/نومبر ۱۹۲۱ء، وفات: ۲۳/جولائی ۲۰۰۹ء)
اس عہد کے مشہور مزاح نگار رہے ہیں۔ بچوں کے لیے انہوں نے کئی ایک دلچسپ اور مزاحیہ کہانیاں لکھی ہیں۔

تعمیر پبلی کیشنز کی جانب سے یوسف ناظم کی چند منتخب کہانیوں کا ایک جدید ایڈیشن شائع کیا جا رہا ہے۔

کرکٹ کا شوق

اللہ کرکٹ کا شوق سب کو دے، لیکن اتنا بھی نہیں کہ آدمی اس کے پیچھے دیوانہ ہو جائے، اور جیسی کرکٹ ہمارے بھائی عشرت پاشا کھیلتے ہیں اُس سے تو بہتر ہے کہ وہ گلّی ڈنڈا کھیلا کریں۔ عشرتؔ پاشا ہمارے ماموں زاد بھائی ہیں۔ انھیں کرکٹ کا اتنا شوق ہے کہ توبہ بھلی۔ عشرت بھائی ہم سے کچھ زیادہ بڑے بھی نہیں ہوں گے، یہی کوئی پندرہ سولہ سال کے۔ لیکن ہم پر اتنا رعب ڈالتے ہیں جیسے برسوں سے کرکٹ کھیل رہے ہوں۔ اپنے آپ کو نواب اف پٹودی سے کم نہیں سمجھتے، آج تک ان کو اسکول کی ٹیم میں بھی کھیلنے کا موقع نہیں ملا، لیکن ان کا خیال ہے کہ ان کی ٹکّر کا کوئی کھلاڑی اسکول بھر میں نہیں۔ ان کی باتیں تو خیر ہم سہ لیتے ہیں، لیکن ان کے ساتھ کرکٹ کھیلنا اپنی شامت بلانا ہے۔ یوں تو وہ سال بھر صبح و شام کرکٹ کھیلنے کی دھن میں رہتے ہیں، لیکن گرمیوں کی چھٹیوں میں بس غضب ہو جاتا ہے۔ جیسے جیسے گرمی بڑھتی جاتی ہے ان کا جوش بھی بڑھتا جاتا

ہے۔ صبح سویرے پینٹ وینٹ ڈاٹ کر تیار ہو جاتے ہیں اور پھر سورج غروب ہونے تک نہ تو ان کی پینٹ اُترتی ہے اور نہ ہی ہاتھ سے بلاّ چھُٹتا ہے۔ ماشاء اللہ سے آسٹریلین کیپ بھی ان کے پاس موجود ہے۔ کوئی ساتھی انھیں نہیں ملتا تو عشرت بھائی آسٹریلین کیپ چڑھائے اکیلے دھوپ میں بیٹ تھامے بیٹھے رہتے ہیں۔ کوئی اُن سے پوچھے کہ بھئی اس طرح بیٹ پکڑے بیٹھے رہنے سے کیا فائدہ؟ تو کہتے ہیں اس طرح بیٹھنے سے بھی کرکٹ کا موڈ برقرار رہتا ہے۔ ان کا خیال ہے کہ آدمی کرکٹ کھیلے یا نہ کھیلے کرکٹ کے موڈ میں ضرور رہے۔ عشرت بھائی ہیں بہت دلچسپ لیکن ان کی مشکل یہ ہو گئی ہے کہ انھیں کرکٹ کھیلنے کے لیے کوئی ساتھی نہیں ملتا۔ کون دن بھر اُن کے ساتھ دھوپ میں ناچتا رہے گا۔ اور پھر لطف یہ کہ کسی اور کے ہاتھ میں بلاّ بھی نہیں دیتے۔ ہمیشہ یہ اصرار کہ بیٹنگ وہی کریں گے۔ پانچ گیندیں پھینکی جائیں تو دس مرتبہ آؤٹ ہو جائیں لیکن ہٹیں گے نہیں۔ ہر کسی کو ان کا یہی مشورہ ہوتا ہے کہ تم بولنگ کی مشق کرو۔ بہترین بولر بن جاؤ گے۔ چاہے بیچ کی وکٹ اُڑ جائے کبھی نہیں مانیں گے کہ وہ آؤٹ ہوئے تھے۔ یہی کہیں گے کہ وہ نوبال تھا۔ ہم کہیں گے عشرت بھائی وہ نوبال کیسے ہوا؟ ہم تو لکیر سے تین فٹ دور تھے تو عشرت بھائی کہیں گے: اگر تم تین فٹ دور تھے تو یقیناً تم نے تھرو کیا ہو گا۔ ہاتھ پوری طرح گھما کر پھینکو اور ہمیں آؤٹ کر دو تو جانیں

ایل بی۔ ڈبلیو کو تو عشرت بھائی مانتے ہی نہیں۔ کہتے ہیں یہ ایل۔ بی۔ ڈبلیو کیا چیز ہوتی ہے۔ کیا یہ پی ڈبلیو کی طرح کوئی محکمہ ہے؟ ان کی ان ہی باتوں سے عاجز آکر ہم سب نے ان کے ساتھ کھیلنا چھوڑ دیا۔ وہ ہر ایک کی خوشامد کرتے اور کوئی کھیلنے کے لیے راضی نہیں ہوتا۔ لیکن عشرت بھائی نے ہمت نہیں ہاری۔ کبھی پڑوس سے چھوٹے چھوٹے لڑکوں کو پکڑ لاتے۔ کبھی مالی کے لڑکے سے بولنگ کرواتے۔ کبھی ٹینس بال لے کر اکیلے ہی دیوار سے گیند مار کر بیٹنگ کرتے لیکن کھیلنا نہیں چھوڑتے۔ ہمیں ان پر رحم بھی آتا۔ لیکن جونہی خیال آتا کہ وہ گھنٹوں ہم سے بولنگ کروائیں گے، ہمارا ارادہ بدل جاتا۔ ایک دن تو حد ہوگئی۔ صبح ناشتے کے بعد ہی انھوں نے گھر کے ملازم لڑکے عبدل کو پکڑ لیا۔ عبدل نے ہزار کہا میاں مجھے ابھی اتنے کام کرنے ہیں لیکن عشرت بھائی مانے نہیں۔ بولے بس آدھ گھنٹہ کھیلوا ور پھر بھاگ جاؤ۔ آدھ گھنٹے ہی میں ۵۰ رن بنا لوں گا۔ عبدل نے بھی کہا چلو یونہی سہی تھوڑی دیر کھیل ہی لوں۔ وہ بولنگ کرتا رہا اور عشرت بھائی بیٹنگ۔ اتفاق سے ایک مرتبہ عشرت بھائی نے جو بیٹ لگائی تو گیند باورچی خانے میں جا پہنچی۔ گیند کے پیچھے پیچھے عبدل بھاگا۔ امی نے دیکھا کہ عبدل اب تک بازار نہیں گیا تو انھوں نے ڈانٹ پلا دی۔ عبدل نے گیند تو وہیں چھوڑ دی اور بازار کی طرف بھاگا۔ کم سے کم عشرت بھائی

سے کہہ کے تو جاتا ۔ لیکن امی کے ڈر کے مارے اس کی ہمت نہ پڑتی کہ صحن میں آتا اور عشرت بھائی سے کہہ دیتا کہ عبدل تو بازار چلا گیا اور عشرت بھائی یہی سمجھتے رہے کہ انھوں نے ایسی بیٹ لگائی ہے کہ کیا کوئی لگائے گا — وہ برابر رن بناتے رہے ۔ عبدل جب دہی لے کر بازار سے آیا تو اس نے دیکھا کہ عشرت بھائی لگاتار دوڑے چلے جا رہے ہیں اور گن رہے ہیں بیاسی —— تراسی — ان کی آسٹریلین کیپ ان کے کانوں پر آ گئی تھی اور پینٹ پسینے سے تر تھی۔

تمھیں شاید یقین نہیں آیا کہ عشرت بھائی ایسا کر سکتے ہیں ۔ اب تم سے کیا کہیں ، عشرت بھائی کے تو ایسے لطیفے ہیں کہ گننا مشکل —— ! عشرت بھائی شروع ہی سے ایسے ہیں ۔ جب یہ دس سال کے تھے تو انھیں اُن کے ابّا نے ایک لفافہ دیا تھا کہ ڈاک خانے میں جا کر ٹکٹ خریدیں ، اس پر لگائیں اور پھر ڈبّے میں ڈال دیں ۔ اس دن انھوں نے خط تو ڈال دیا لیکن ٹکٹ کے پیسے بچا لیے ۔ گھر آ کر اُنھوں نے کہا کہ میں وہاں ڈبّے کے پاس کھڑا دیکھتا رہا اور جب ڈبّے کے پاس کوئی نہیں رہا تو چپکے سے میں نے خط ڈال دیا کسی نے دیکھا تک نہیں ۔ پھر —— ان کا وہ مشہور قصّہ تو تم نے سنا ہی ہوگا ۔ ایک مرتبہ وہ پارک میں گئے وہاں بنچ پر بیٹھنا چاہا تو دیکھا کہ اس پر ایک تختی لگی ہوئی

تھی، جس پر لکھا تھا بنچ پر نہ بیٹھیے، رنگ لگ جائے گا۔ عشرت بھائی تھوڑی دیر تک تو کھڑے رہے۔ پھر انھوں نے وہاں سے تختی ہٹادی اور بنچ پر بیٹھ گئے کہ اب کیسے رنگ لگے گا —— یہ وہی عشرت بھائی ہیں، جو اکیلے میں تراسی رن بناتے ہیں۔ اب تو یقین آیا۔

نئے شیخ چلّی

وہ جو پہلے والے شیخ چلّی تھے ان سے ہم کبھی نہیں مل سکے اور ہماری ان سے ملاقات نہ ہونے کی وجہ شاید یہ تھی کہ وہ آج سے کئی سو سال پہلے پیدا ہوئے تھے اور پیدا بھی ہوئے تو کہیں بہت دور۔ ہمیں ان سے مل نہ سکنے کا کچھ زیادہ افسوس نہیں ہے، کیوں کہ ہم ان سے زیادہ بڑے شیخ چلّیوں سے مل چکے ہیں اور ملتے رہتے ہیں۔ بلکہ کیا تعجب کہ جو لوگ ہم سے ملتے رہتے ہیں ہمیں بھی ایک شیخ چلّی سمجھتے ہوں۔ آج کل کچھ کہا نہیں جاسکتا کہ کون شیخ چلّی ہے اور کون نہیں ہے۔ ہم کبھی کبھی سوچتے ہیں کہ اچھا ہی ہوا کہ وہ پہلے والے شیخ صاحب اس زمانے میں تشریف نہیں رکھتے ہیں۔ آج وہ ہوتے تو ان کا مقابلہ اتنے شیخ چلّیوں سے ہوتا کہ انھیں میدان چھوڑ کر بھاگتے ہی بنتی۔ ان بیچاروں نے کیا بھی کیا تھا۔ یہی نا کہ کانچ کے برتنوں کی ایک دکان کھولی تھی۔ (وہ بھی ایسی جگہ جہاں کوئی آتا جاتا نہ تھا اور جو اُدھر آتا تھا اسے کانچ کے برتن چاہیے نہیں تھے) اور دکان میں بیٹھے بیٹھے انھوں نے اتنی ترقی کرلی تھی

کہ ایک محل بنوالیا تھا (یہ محل ذرا زیادہ ہی بڑا بن گیا تھا)۔ اور یہ محل انھیں خالی خالی نظر آرہا تھا اس لیے انھیں یہ خیال آیا کہ کیوں نہ اس محل میں کسی کو بسایا جائے۔ بس اس خیال کا آنا تھا کہ وہ دکان سے نیچے اُترے بغیر کسی ملک کی ایک شہزادی کو بیاہ لائے اور سوچا اب آرام سے زندگی گزاریں گے۔ اتنے میں انھیں خیال آیا کہ اگر ان کی دلھن نے ان سے تمیز سے بات نہیں کی اور اپنے بادشاہ باپ کی بادشاہی اور دولت کا رعب ڈالنا چاہا تو وہ کیا کریں گے۔ جب کیا کریں گے کا سوال ان کے سامنے آیا تو انھوں نے فیصلہ کیا کہ وہ اسے لات ماردیں گے ـــــ بس یہی غلطی ان سے ہوئی کہ انھوں نے فوراً ہی لات مارنے کا پروگرام بنالیا۔ اگر وہ ذرا ٹھنڈے دل سے کام لیتے اور اپنی دلھن کو صرف ڈانٹنے یا زیادہ سے زیادہ اُسے اس کے میکے واپس بھیجنے کے بارے میں سوچتے تو شاید اُن کی دکان چل نکلتی اور کچھ ہی دنوں میں وہ اپنی دکان میں رنگین شیشے اور روشنی کے جھاڑ فانوس لگا کر اسے ایک شان دار شوروم کی شکل دے سکتے تھے لیکن غصّہ انھیں بہت زیادہ آگیا تھا اور ایک طریقے سے دیکھا جائے تو غصّہ انھیں آنا ہی چاہیے تھا۔ آخر شوہر تھے۔ اپنی بے عزّتی اور وہ بھی اپنے ہی گھر میں کیسے برداشت کر لیتے، بس اتنی سی بات تھی جس کی وجہ سے اُنھیں شہزادی اور محل سے ہاتھ دھونا ہی پڑا کانچ کے برتن الگ ٹوٹ گئے۔ بدنام بھی ہوئے۔

ہمارا خیال ہے۔ وہ معمولی شیخ چلی تھے اور دنیا کے بڑے شیخ چلیوں میں ان کا نام لکھا نہیں جا سکتا۔ ان کی بس اتنی ہی خوبی تھی کہ وہ سب سے پہلے پیدا ہوئے۔ شیخ چلی تو وہ ہوتا ہے جو چہرے پر مونچھیں نہ بھی ہوں تو ان پر تاؤ دیتا رہے۔ سر پر ٹوپی بھی نہ ہو تو اُسے سیدھی سے ٹیڑھی اور ٹیڑھی سے اور زیادہ ٹیڑھی کرتا رہے۔ کوئی پوچھے یا نہ پوچھے شیخی بگھارتا رہے اور اس شیخی کا بگھار بھی اتنا تیز ہو کہ کھانستے کھانستے لوگوں کے گلے میں پھندا پڑ جائے۔ مثلاً ایک صاحب ہیں شیخ جہاں بخش ولد شیخ نمایاں بخش۔ اب تو ان کی اچھی خاصی عمر ہے لیکن جب سے بولنے کے قابل ہوئے تھے اس وقت سے شیخی بگھارتے رہے ہیں۔ اسکول میں تھے تو کہتے تھے پوری ریاست میں فرسٹ آؤں گا۔ میٹرک میں صرف ۴ مرتبہ فیل ہوئے تھے۔ پانچویں مرتبہ بھی فیل ہونے والے تھے لیکن انھوں نے خود ہی امتحان نہیں دیا۔ ان کے دوست احباب سمجھے کہ اب ان کی شیخی کا سلسلہ ختم ہو جائے گا لیکن شیخ جہاں بخش نے شیخی کے معاملے میں اور زیادہ ترقی کی اور آج ان کے مقابلے میں بہت کم لوگ ٹھہر سکتے ہیں۔ یہ جب بولنے پر آتے ہیں تو پھر رُکتے نہیں۔ انھوں نے اعلان کر رکھا ہے کہ انھیں نوبل پرائز ملنے والا ہے۔ جب لوگ ان سے پوچھتے ہیں کہ آپ کو کس بات کا نوبل پرائز ملنے والا ہے؟ تو یہ کہتے ہیں بس ہمیں ملنے والا ہے۔ ہماری شہرت دُور دُور تک ہے اور نوبل پرائز کمیٹی چاہتی ہے کہ ہم یہ انعام قبول کریں۔

ان کا کہنا ہے کہ اب صرف ایک ہی اڑچن ہے۔ وہ یہ کہ شیخ جہاں بخش انعام کی رقم حاصل کرنے کے لیے باہر نہیں جانا چاہتے انھیں ڈر یہ ہے کہ وہ جس ہوائی جہاز سے سفر کریں گے کوئی شخص جس کے پاس دستی بم ہوگا، یہ ہوائی جہاز اُڑا دے گا۔ اڑا دے گا سے مطلب یہ کہ اُسے اڑا کر کسی اور جگہ لے جائے گا۔ اور وہاں سب کو چھوڑ کر انھیں لے کر بھاگ جائے گا اور اگر جاتے وقت وہ ایسا نہیں کر سکا تو واپسی میں ضرور کرے گا اور ان سے انعام کی پوری رقم وصول کر لے گا۔ اس لیے شیخ جہاں بخش چاہتے ہیں کہ یہیں کوئی جلسہ کیا جائے اور انعام کی رقم انھیں دے دی جائے۔ انعام کی رقم کے بارے میں بھی انھوں نے طے کر لیا ہے کہ اس میں سے ۵۰ ہزار روپے کا تو وہ اپنا ایک مجسمہ بنوائیں گے اور اسے شہر میں نہیں بلکہ ریلوے اسٹیشن ہی پر کسی نمایاں جگہ کھڑا کریں گے (نمایاں جگہ اس لیے کہ ان کے والد کا نام نمایاں بخش تھا) شہر میں وہ مجسمہ لگوانا پسند نہیں کرتے۔ وہ کہتے ہیں کہ شہر میں کہیں بھی یہ مجسمہ کھڑا ہو سب لوگ اِدھر تھوڑے ہی آتے ہیں لیکن اسٹیشن پر تو ہر شخص آتا ہے۔ باہر سے تو لوگ آتے ہی ہیں خود شہر کا ہر شخص کسی نہ کسی کو لینے یا چھوڑنے سٹیشن ضرور جاتا ہے۔ انھوں نے یہ بھی طے کر لیا ہے کہ ان کا مجسمہ ۶ فٹ ۳ انچ کا ہوگا (اس میں اسٹینڈ شامل نہیں ہے) ان کے دوستوں نے ان سے پوچھا کہ شیخ صاحب آپ خود تو ساڑھے پانچ فٹ کے بھی نہیں ہیں آپ کا سوا چھ فٹ کا مجسمہ کیسے بن سکتا

ہے۔ بولے کیوں نہیں بن سکتا کچھ پیسے زیادہ لگیں گے ہم دے دیں گے۔ پھر بھی ان کے دوستوں نے انھیں سمجھایا کہ یہ اچھا نہیں معلوم ہوتا کہ آپ اتنا اونچا مجسمہ بنوائیں۔ کئی دن غور کرنے کے بعد اب وہ ۶ فٹ کے مجسمے پر راضی ہوئے ہیں۔ اب اُنھیں صرف نوبل پرائز کا انتظار ہے۔

ان کے سامنے تو کسی کی ہمت نہیں ہوتی کہ ان سے کچھ کہہ سکے لیکن پیچھے سب ہی کہتے ہیں کہ یہ نوبل پرائز کدھر ، صرف نوپرائز کے آدمی ہیں۔

کہانی ہیرے جواہرات کی

دنیا میں جتنی غریبی ہے اتنی ہی بے حساب دولت بھی موجود ہے۔

دنیا میں کچھ لوگ لکھ پتی بھی ہیں اور کچھ کروڑ پتی بھی اور بعض بے چارے ایسے ہیں جو اپنی مجبوری کی وجہ سے معمولی "پتی" بھی نہیں بن سکتے۔ خود اپنا ہی ٹھکانہ نہیں تو پتی بن کر کیوں کسی اور کی زندگی اجیرن کی جائے۔

لکھ پتی اور کروڑ پتی تو خیر دس بیس یا دو چار ہم نے بھی دیکھے ہوں گے لیکن یہ دنیا بہت بڑی ہے اور زمین کے اس کونے سے آسمان کے اس کونے تک پھیلی ہوئی ہے۔ اس دنیا میں چند ایسے لوگ بھی ہیں جو کروڑ پتی لوگوں سے بھی زیادہ دولت مند ہیں۔ ان کی بات اربوں کھربوں تک پہنچتی ہے ـــــ کسی نے ہمیں بتایا تھا کہ ایک ارب کے معنی ہوتے ہیں سَو کروڑ کے اور سَو ارب کے معنے ہوتے ہیں ایک کھرب کے ـــــ کیا آپ میں سے کوئی ہمیں گن کر بتائے گا کہ ایک کھرب لکھنے کے لیے کتنے صفر لگانے پڑتے ہیں؟ ہو سکتا ہے کھرب اور دس کھرب سے آگے بھی کچھ ہوتا ہو جس کا ہمیں پتا نہیں۔ اس کے آگے ہماری عقل کام کرتی بھی نہیں۔

دولت مند لوگوں کے لیے شوق الگ ہوتے ہیں بلکہ بعض شوق ہوتے ہی دولت مند لوگوں کے لیے ہیں، کیونکہ اس دنیا میں قدرت نے کچھ ایسی چیزیں بھی پیدا کی ہیں جن کی قیمت وہی لوگ ادا کرسکتے ہیں جن کے یہاں فالتو پیسا پڑا رہتا ہے۔ یہ لوگ طرح طرح کی چیزیں جمع کرتے ہیں۔ اگر یہ لوگ قیمتی چیزیں جمع نہ کریں تو ان کی عزت پر حرف آتا ہے۔ انھیں ہیرے جواہرات جمع کرنے کا شوق ہوتا ہے اور ان کے ہاں ہیرے جواہرات ایسے ہی پڑے رہتے ہیں جیسے چھوٹے بچوں کے پاس شیشے کی رنگ برنگی گولیاں۔

ہیرے جواہرات کی کئی قسمیں ہیں۔ چھوٹے موٹے ہیرے تو ہر شہر میں جوہریوں کی دکانوں پر مل جاتے ہیں۔ یہ اتنے زیادہ قیمتی نہیں ہوتے کہ خریدے ہی نہ جاسکیں۔ ممکن ہے آپ کے چچا جان کے سیدھے ہاتھ کی چھنگلی میں ہیرے کی انگوٹھی موجود ہو یا آپ کی بھابی جان کی ناک میں ہیرے کی کیل سجی ہو، لیکن ہم ان ہیروں کی بات نہیں کررہے ہیں، ہم تو آپ کو ایسے ہیروں سے واقف کرانا چاہتے ہیں جو دنیا میں ہیں ہی پانچ سات۔ اور جن کی قیمت کا اندازہ لگانا مشکل ہے، یہ اربوں اور کھربوں تک پہنچتی ہے۔

ہمارا ہندستان ایک زمانے میں ہیروں کا ملک تھا۔ یہ اس وقت کی بات ہے جب یہاں کی زمین سونا اگلتی تھی۔ گولکنڈے کے ہیرے دنیا بھر میں مشہور تھے اور اونچی قیمتوں پر بکا کرتے تھے

لیکن یہ سب ہیرے تاریخی ہیرے نہیں تھے۔ تاریخی ہیرے وہ ہیں جن کے لیے جنگیں ہوئی ہیں۔ جو ایک ملک سے دوسرے ملک میں پہنچے ہیں اور ایک شاہی تاج سے نکل کر دوسرے شاہی تاج کی زینت بنے ہیں۔

اب شاہی تاج بھی دیکھا جائے تو دنیا میں کتنے رہ گئے ہیں۔ صرف ان تھوڑے سے ملکوں میں جہاں بادشاہ اور ملکائیں ہیں۔ ورنہ اب تو سارے بڑے ہیرے جواہرات میوزیم میں رکھے جاتے ہیں اور جو چیز بھی میوزیم میں رکھ دی جائے وہ سب کی ہو جاتی ہے، کسی ایک کی نہیں رہتی۔ ذرا دیکھیں تو سہی ان ہیروں سے کتنے ہیرے ہمارے ہیں۔

اکبر شاہ : آپ پوچھیں گے اکبر شاہ! یہ تو شہنشاہِ اکبر ہوئے، ہیرا کہاں گیا؟ جی نہیں۔ اکبر شاہ ایک ہیرے کا نام ہے تختِ طاؤس کا نام تو آپ نے سنا ہی ہوگا۔ یہ مغل بادشاہوں کا شاہی تخت تھا۔ اس مشہور و معروف تخت پر جو مور بنا تھا اس مور کی آنکھ میں یہی اکبر شاہ ہیرا جڑا ہوا تھا۔ (پتا نہیں وہ سیدھی آنکھ تھی یا بائیں۔ لیکن اس سے کوئی فرق نہیں پڑتا کیونکہ ہیرے کی آنکھ دیکھی جاتی ہے اس سے دیکھا نہیں جاتا) یہ ہیرا شاہ جہاں کے پاس تھا۔ اس پر "شاہ اکبر" کے الفاظ کھدے ہوئے تھے اور اس کا وزن ۱۱۶ قیراط تھا (کل جب اسکول جائیں تو اپنے ریاضی کے اُستاد سے پوچھ لیں کہ ۱۱۶ قیراط کے کتنے سیر یا کتنے کلو ہوتے ہیں ___ اور ہمیں بھی بتا دیں)۔

ہندستان پر جب نادر شاہ نے چڑھائی کی اور دِلّی کو فتح

گیا تو اس وقت اس نے یہ ہیرا بھی اُچک لیا - یہ ۱۷۳۹ء کی بات ہے۔ نادر شاہ یہیں رہ جاتا تو کوئی بات نہ تھی لیکن اسے اپنے گھر کی یاد آئی اور وہ واپس چلا گیا۔ ظاہر ہے یہ ہیرا بھی اس کے ساتھ چلا گیا۔ اب اس ہیرے کا کوئی اتا پتا نہیں۔ کوئی نہیں جانتا کہ یہ کہاں غائب ہو گیا (جب یہ ہندستان سے باہر چلا گیا تو اس کے غائب ہونے کا ہم کیوں افسوس کریں!)۔

سیاہ ارلاف : کہا جاتا ہے، سو ڈیڑھ سو سال پہلے تک یہ ۲۰۰ قیراط وزنی ہیرا پانڈیچیری کے قریب کسی مندر میں موجود تھا۔ اسے برہما کی آنکھ بھی کہا جاتا ہے۔ اس ہیرے کا نام آرلاف اس لیے پڑا کہ برسوں پہلے یہ روس کی ایک شہزادی ناڈیا آرلاف کی ملکیت تھا۔ یہ ہیرا اصل میں اس دھات کا ہے جس سے توپیں بنائی جاتی ہیں۔ یہ وزنی اور قیمتی ہیرا اب امریکہ میں ہے (سوال یہ ہے کہ امریکہ میں کیا نہیں ہے۔)

دریائے نور : یہ ہوا ہیرے کا صحیح نام۔ نام ہی سے معلوم ہوتا ہے کہ جگمگاتی روشنی کا کوئی سمندر ہے۔ اس ہیرے کا وزن ۱۸۶ قیراط ہے۔ یہ ہیرا بابر بادشاہ کی ملکیت تھا اور سب مغل بادشاہوں کے پاس رہا لیکن اس کا بھی وہی حشر ہوا جو اکبر شاہ ہیرے کا ہوا۔ یعنی ۱۷۳۹ء میں یہ ہیرا بھی نادر شاہ کے قبضے میں چلا گیا اور نادر شاہ ہندستان سے باہر چلا گیا۔ غنیمت سمجھیے کہ یہ ہیرا کہیں کھویا نہیں۔ یہ ہیرا آج شاہ ایران کے تاج کی زینت ہے۔ ایران کا شاہی تاج سورج اور شیر کے نشان کا تاج ہے۔ اگر دریائے نور بھی

کہیں گم ہو جاتا تو ایران کے شاہی تاج میں اتنی چمک نہ ہوتی
کبھی کبھی ہم سوچتے ہیں کہ اتنے وزنی ہیروں کا تاج سر پر رکھا
کیسے جاتا ہوگا۔ کیا تاج پہننے والے کے سر میں درد نہیں ہوتا
ہوگا۔ ایک عام آدمی تو موٹر سائکل چلاتے وقت معمولی ہیلمٹ پہن
کر پریشان ہو جاتا ہے۔ بادشاہوں اور شہنشاہوں کی بات ہی اور ہے۔

ڈریسڈین کا سبز ہیرا : یہی اس ہیرے کا نام ہے۔ یہ تو
آپ کو معلوم ہی ہوگا کہ ڈریسڈین مشرقی جرمنی کا ایک شہر ہے،
جہاں کا میوزیم ساری دنیا میں مشہور ہے۔ سبز رنگ کا یہ ہیرا
اسی میوزیم میں رکھا ہے۔ یہ ہیرا ناشپاتی کی وضع کا ہے اور
گولکنڈے کے مشہور ہیروں میں سے ایک ہیرا ہے۔ اس کا وزن
زیادہ نہیں صرف ۴۱ قیراط ہے۔ لیکن ۴۱ قیراط بھی کافی وزن
ہوتا ہے۔ اس سبز ہیرے کا ایک جڑواں ہیرا بھی ہے۔ جڑواں
سے مراد ساتھی ہیرا بالکل اسی نمونے کا۔ بس صرف رنگ میں
فرق ہے۔ دوسرا ہیرا ڈریسڈین کا سفید ہیرا کہلاتا ہے۔
آسانی کے لیے ایک کو سبزہ کہیں اور دوسرے کو سفیدہ۔ اس
کا وزن بھی ۴۱ قیراط ہے اور کہا جاتا ہے کہ آج سے دو ڈھائی
سو سال پہلے ایک ڈیوک نے اس سفید ہیرے کی قیمت قریب
قریب دس لاکھ پونڈ ادا کی تھی (اُف! ان دنوں کے ۱۰ لاکھ پونڈ
آج کے کتنے پونڈ ہو گئے؟)

مغل اعظم : یہ کسی فلم کا نہیں، ہیرے ہی کا نام ہے۔ یہ
بھی مغل بادشاہوں کے تاج کی زینت تھا۔ اس کی شکل نصف

انڈے کی تھی اور اس کا وزن ۸۰،۷ قیراط تھا۔ یہ ہیرا بھی نادر شاہ کے ہاتھ لگ گیا اور اب اس کا پتا نہیں۔ (کاش آج یہ ہمارے یا آپ کے پاس ہوتا لیکن ہم اس کا کرتے کیا؟ ہم لوگ تو اب ٹوپی بھی نہیں پہنتے کہ اس میں لگا لیتے)۔

ہوپ ہیرا : ہوپ کا اردو ترجمہ تو اُمید ہوا لیکن اس ہیرے سے کیا اُمید کی جا سکتی ہے جب کہ اس کے متعلق مشہور ہو گیا ہے کہ یہ منحوس ہے۔ یہ ہیرا ترکی کے سلطان عبدالحمید کے پاس بھی تھا جن کی حکومت جاتی رہی (اس کا ذمّہ دار بھی ہیرے کو ٹھہرایا جاتا ہے۔ بہر حال جو بات اس ہیرے کے متعلق مشہور ہو گئی، ہو گئی اب کچھ نہیں کیا جا سکتا) کہا جاتا ہے کہ سلطان عبدالحمید سے پہلے یہ ہیرا جس کے پاس بھی رہا اس کی موت واقع ہو گئی۔ اس کے اصلی مالک کا نام بھی ہوپ ہی تھا۔ لیکن ذرا سوچنے کی بات ہے کہ کسی کی موت میں اس ہیرے کا کیا دخل ہو سکتا ہے —— یہ ہیرا اب پیرس کے ایک میوزیم میں محفوظ ہے۔ اگر کبھی آپ پیرس گئے تو اسے ضرور دیکھیے گا۔ لیکن یاد رہے کہ اس کا رنگ گہرا نیلا ہے۔ اسے دیکھا جائے تو کچھ بگڑتا نہیں بلکہ تھوڑی سی خوشی ہی ہوتی ہے کہ ۴۴½ قیراط کا ایک ہیرا تو دیکھنے کو ملا۔

مورتی کی آنکھ اس ہیرے کا شاعرانہ نام دیدۂ صنم ہوگا۔ یہ بھی گولکنڈے کا ہیرا ہے۔ اور گولکنڈہ کے ہیروں کا کیا کہنا ان کی جگمگاہٹ کو اندھیرے میں دیکھنا چاہیے۔ ایسا معلوم ہوتا

ہے جیسے کسی ریلوے انجن نے روشنی پھیلا رکھی ہے۔ اس ہیرے کی خوبی یہ ہے کہ اس کے آر پار دیکھا جا سکتا ہے۔ ترکی کے سلطان عبدالحمید نے اس ہیرے کو بن غازی کے ایک مندر کی مورتی کی آنکھ میں جڑوایا تھا۔ اسی لیے اس کا نام مورتی کی آنکھ رکھ دیا گیا۔ اس کا وزن ۷۲ قیراط سے کچھ زیادہ ہی ہے۔ یہ ہیرا بھی اب امریکہ میں ہے۔ (پھر وہی سوال کہ امریکہ میں کیا نہیں ہے؟)

یہ ہیروں کی کہانی تو لمبی ہوتی جا رہی ہے۔ اب بس ایک ہیرے کی بات اور سن لیجیے۔ اسی ہیرے کی بات جس کا نام سب جانتے ہیں۔

کوہ نور : جب دریائے نور نام کا ہیرا ہو سکتا ہے تو ظاہر ہے کوہِ نور نام کا بھی ہونا ہی چاہیے۔ ایک روشنی کا سمندر تو دوسرا پہاڑ۔

یہ بھی ہمارا ہی ہیرا تھا۔ یہ اصل میں مالوہ کے ایک راجا کی ملکیت تھا جو شہنشاہِ بابر کے پاس پہنچا اور سارے مغل بادشاہوں کے پاس رہا۔ اس ہیرے کے متعلق یہ مشہور ہے کہ یہ جس کے پاس بھی رہا اس نے ساری دنیا پر حکومت کی۔ ہیروں کے متعلق ایسی باتیں مشہور ہوتی ہی ہیں۔ اس لیے آپ نے سنا ہوگا کہ ہر قیمتی پتھر کے اثرات ہوتے ہیں۔ کسی شخص کو یاقوت راس آتا ہے تو کسی کو عقیق۔ کوئی زمرّد پہن کر مسرور رہتا ہے تو کسی کے نیلم پہننے سے کامیابی نصیب

ہوتی ہے ——— ارے ہم کہاں کے کہاں نکل گئے۔ ذکر تھا کوہ نور کا۔ اس ہیرے کے متعلق بھی مشہور ہے کہ یہ تختِ طاؤس پر بنے ہوئے مور کی ایک آنکھ تھا (یعنی آنکھ کا تارا تھا) اس کا اصلی وزن ۱۸۶ قیراط تھا۔ لیکن تراش خراش کے بعد یہ ۱۰۹ قیراط کا رہ گیا (یہ بھی کچھ کم نہیں ہے)۔ اس ہیرے کو بھی ہمارے دوست نادر شاہ صاحب ہندستان سے واپس جاتے ہوئے اپنے ساتھ ایران لے گئے لیکن اب یہ ایران میں بھی نہیں ہے۔ بلکہ برطانیہ کے شاہی خاندان کی ملکیت ہے۔

یہ تو بڑے بڑے تاریخی ہیرے ہوئے لیکن ان کے علاوہ بھی بیسیوں ایسے ہیرے ہیں جن کی قیمت کا اندازہ لگانا مشکل ہے۔ آپ کو معلوم ہے کہ ہندستان میں آج سے ۳۰ سال پہلے تک کوئی پانچ سو ریاستیں تھیں۔ ہر ریاست میں راجا اور بادشاہ تھے۔ ان سب کے پاس قیمتی سے قیمتی ہیرے موجود تھے جو ظاہر ہے یا تو انھیں کے خاندان میں ہوں گے۔ یا کسی اور کے ہاتھ بیچے جا چکے ہوں گے۔ حیدرآباد کے سالار جنگ میوزیم میں بھی کئی قیمتی ہیرے جواہرات موجود ہیں۔ لیکن آخر میں ایک بات ہم آپ کو بتا دیں۔ وہ یہ کہ اصل ہیرے جواہرات بچے ہوتے ہیں جو دنیا کی رونق ہوتے ہیں۔ دوسرے ہیرے جواہرات کتنے ہی قیمتی کیوں نہ ہوں، ہوتے تو پتھر ہی ہیں اور یاد رکھیے جو بھی ان پتھروں میں دل لگائے گا سنگدل ہو جائے گا۔

ہم مہمان بنے

کتنے ہی لوگوں کو ہم نے دیکھا ہے۔ جو جب دیکھو کہیں نہ کہیں دعوتیں اڑاتے رہتے ہیں۔ آج ان کے گھر میں تو کل ان کے گھر میں۔ ایک تو دعوتیں خود ان کے پاس دوڑی دوڑی آتی ہیں۔ دوسرے انھیں مانگ مانگ کر دعوتیں وصول کرنے کی بھی بیسیوں ترکیبیں آتی ہیں۔ اور ایک ہم ہیں کہ سال چھ مہینے میں ایک دعوت ملتی ہے تو وہ بھی ایسی گت کی کہ جی چاہتا ہے کہ نہ بلائے جاتے تو اچھا ہوتا۔ جب بھی ہمیں کوئی دعوت میں بلاتا ہے تو یہ سمجھ کر بلاتا ہے جیسے ہم پر بڑا احسان کر رہا ہے۔ دعوت دیں گے اور فرمائش کریں گے، دیکھیے میر صاحب ذرا ایک دو گھنٹے پہلے چلے آیئے گا۔ کچھ مدد ملے گی بلکہ میں تو کھانا بھی آپ کی نگرانی میں پکوانا چاہتا ہوں۔ آپ ٹھہرے رہیں گے تو یہ باورچی ہاتھ اور منہ کم چلائیں گے۔ اور دیکھیے اس دن آپ اپنا ڈنر سیٹ بھی بھیج دیں تو ٹھیک رہے گا۔ بلکہ یوں کیجیے کہ اپنے ساتھ ہی لیتے آیئے گا۔ کوئی اور لائے گا تو سنبھال کر

نہیں لائے گا۔ اس قسم کی دعوتیں ہمیں بہت مل چکی ہیں۔ ایسی دعوتوں سے تو بہ ہی بھلی۔ لیکن قسمت کے لکھے کو کون مٹا سکتا ہے۔

اب ذرا اس دعوت کا ذکر سُنیئے جس کی یاد آتی ہے تو دل تڑپ جاتا ہے۔ ہمارے محلّے میں ایک خاں صاحب رہتے ہیں۔ اب ایک ہی محلے کے ہیں تو ظاہر ہے سلام دعا تو ہوگی ہی۔ ہم سے بھی جان پہچان ہے۔ گھروں میں آنا جانا نہیں ہے بس آتے جاتے ایک دوسرے کی طرف مسکرا کر دیکھ لیا یا خیریت پوچھ لی بہت ہوگیا۔ وہ ایک دن ہمارے ہاں آگئے اور بولے میر صاحب آپ کو ہماری بھانجی کی شادی میں شریک ہونا ہے بلکہ شادی میں ہماری طرف سے وکیل بھی آپ کو بننا ہوگا۔ میں نے کہا: "خاں صاحب کسی بزرگ آدمی کو وکیل بنائیے میں کیسے وکیل بن سکتا ہوں۔" خاں صاحب بولے "نہیں نہیں یہ نہیں ہوسکتا کہ آپ انکار کردیں۔ آپ سے تو ہماری پرانی جان پہچان ہے۔ دیکھیے اتوار کے دن صبح آپ کو موٹر سے ہمارے گاؤں چلنا ہوگا۔ کوئی دس میل دور ہے ہمارا گاؤں۔ دن بھر کھانا پینا ہمارے ساتھ میں ہوگا۔" ہم نے دل میں کہا اب ان سے کیا انکار کریں۔ دوستی نہ سہی لیکن برسوں سے ایک ہی محلّے میں رہتے ہیں اور معاملہ شادی کا ہے۔ ہم نے ہاں کردی۔

اتوار آیا اور ابھی ٹھیک سے سویرا بھی نہیں ہوا تھا کہ خاں صاحب گھر پر آگئے۔ ہمیں سوتے سے اٹھایا گیا اور خان صاحب

نے جب ہمیں جماہیاں لیتے دیکھا تو بولے کمال ہے صاحب۔ ہمیں گانو سب سے پہلے پہنچنا ہے اور آپ ابھی تک تیار نہیں ہوئے میں نے کہا خاں صاحب میں ابھی پانچ منٹ میں تیار ہو جاتا ہوں آپ موٹر تو لے آیئے۔ خاں صاحب بولے۔ موٹر؟ اجی میر صاحب ہم سب تو آپ کی موٹر میں جانے والے ہیں میں نے کہا: خاں صاحب یہ تو آپ نے بتایا نہیں تھا کہ مجھے اپنی کار لے جانی ہوگی۔ خاں صاحب بولے، یہ بھی کوئی کہنے کی بات تھی، کیا آپ کو معلوم نہیں کہ کار آپ کے پاس ہے اور میرے پاس نہیں ہے۔ اب ہم کیا حجت کرتے۔ خاں صاحب نے فرمایا: بس اب دیر مت کیجیے بچے انتظار کر رہے ہیں۔ میں نے کہا: بچے؟۔ خاں صاحب بولے ہاں! ہاں ہمارا زنانہ اور بچے بھی تو ساتھ جائیں گے —— ہم نے کہا اِس وقت اگر جانے سے انکار کرتے ہیں تو بڑی گڑبڑ ہو جائے گی اور خاں صاحب عمر بھر کے لیے دشمن بن جائیں گے۔ میں نے کہا آپ چلیے میں ابھی موٹر لے کر آتا ہوں۔

ہم نے منّہ ہاتھ دھویا۔ کپڑے بدلے۔ گاڑی نکالی اور خاں صاحب کے گھر پہنچے تو دیکھا کہ آدھی برات ہمارا انتظار کر رہی ہے۔ کچھ نہیں تو ۱۲، ۱۵، سواریاں تو ہوں گی۔ ہم نے کہا، خاں صاحب یہ سب لوگ ایک گاڑی میں جائیں گے،؟ خاں صاحب بولے۔ اس میں پوچھنے کی کیا بات ہے اگر یہ ایک ساتھ نہیں جا سکتے تو پھر آپ ہی کو ایک اور چکر کرنا

پڑے گا۔ پھر بچوں کو حکم دیا چلو سب کے سب اندر بیٹھ جاؤ۔ بچوں نے جوں ہی اپنے کمانڈر کا حکم سُنا، گاڑی پر دھاوا بول دیا۔ اس کے بعد خاں صاحب نے ایک ایک کرکے عورتوں کو کار میں داخل کیا۔ ان سب کا سامان تو پہلے ہی کار کی چھت پر چڑھا دیا تھا۔ خاں صاحب نے سب کو گنا ایک ایک کا نام لے کر سب کی حاضری لی۔ خود بیٹھے اور بولے دیکھیے میں کہتا تھا نا سب آرام سے بیٹھ جائیں گے۔ چلیے اب ذرا تیز چلیے ۷ بج گئے ہیں اور نکاح کا وقت ۱۰ بجے مقرر ہے۔ اپنی گاڑی کو پانی کا جہاز بنتا دیکھ کر ہمیں رونا آ گیا لیکن کرتے کیا۔ کوئی ایک گھنٹہ بعد ہم خاں صاحب کے گانو پہنچے۔

گانو میں دُلھن کے گھر پہنچے تو معلوم ہوا کہ شہر سے شامیانہ اور فرش آنے والا تھا، وہ اب تک نہیں پہنچا ہے۔ خاں صاحب نے دُلھن کے والد کی فوراً ہمت بڑھائی اور بولے گھبرایئے نہیں، ہم ابھی شہر جاکر شامیانہ اور فرش لے آتے ہیں۔ پھر خاں صاحب میں اور ہم میں مکالمہ ہوا جس کا خلاصہ یہ تھا کہ اگر آج ہم نے خاں صاحب کی مدد نہیں کی تو گانو میں ان کی کچھ بھی عزت نہیں رہ جائے گی۔ پھر ہم شہر واپس ہوئے۔ شہر سے فرش اور شامیانہ ہماری گاڑی پر لادا گیا اور شامیانہ لگانے والے سب آدمیوں کو اپنی گاڑی میں لے کر پھر دلھن کے گھر پہنچے۔ اس وقت تک دولھا والوں نے دلھن، والوں سے یہ خبر بھیج دی تھی کہ دولھا کے لیے جس گھوڑے کا انتظام کیا گیا تھا، وہ گھوڑا کل رات

بے علیل ہو گیا ہے اور چلنے پھرنے کے قابل نہیں ہے اس لیے دولھا کے لیے سواری بھیجی جائے۔

خاں صاحب پھر ہم سے بولے: دیکھیے میر صاحب ہماری عزت کا معاملہ ہے اگر آپ نے اس وقت ہماری مدد نہیں کی تو ہماری بھانجی کی شادی نہیں ہو پائے گی۔ اسی وقت ہماری موٹر کو سجایا گیا۔ اس کے چاروں طرف پھول، رنگین غبارے لگائے گئے اور خاں صاحب نے ہم سے کہا: اب جاؤ دولھا میاں کو لے آؤ۔ پہلے ہم اپنی گاڑی کے مالک تھے اب ہمیں ایسا معلوم ہوا کہ گاڑی خاں صاحب کی ہے اور ہم ان کے شوفر کی طرح ملازم ہیں۔ خاں صاحب کی نوکری تو خیر ٹھیک تھی لیکن اب ہمیں دولھا میاں کے ہاں حاضری دینی تھی۔ دولھا میاں کے یہاں جب ہم پہنچے تو معلوم ہوا کہ ان کا پاجامہ ابھی درزی کے یہاں سے نہیں آیا ہے۔ دولھا میاں کے چچا نے جن کی کافی خوفناک مونچھیں تھیں، ہمیں حکم دیا کہ ہم پہلے ان کے ساتھ درزی کے گھر جائیں ــــ ہم نے یہ بھی کیا کیونکہ ہمیں معلوم تھا کہ دنیا کا کوئی دولھا آج تک پاجامے کے بغیر شادی کے پنڈال میں داخل نہیں ہوا ہے۔ کوئی ۱۱ بجے دولھا میاں بن سنور کر گھر سے باہر آئے اور اپنے چار دوستوں اور ایک والد کے ساتھ ہماری گاڑی میں سوار ہو گئے۔ ہم سے کہا گیا کہ گاڑی بالکل آہستہ چلائیں اور پورے گاؤں کا چکر لگا کر دلہن کے گھر پہنچیں۔

پورے ڈیڑھ گھنٹہ بعد ہم دُلھن کے گھر پہنچے اس وقت

ساڑھے ۱۲ بج گئے تھے اور اُس وقت تک ہمیں چائے کی ایک پیالی بھی نصیب نہیں ہوئی تھی۔

دولھا میاں ہماری گاڑی سے اُتر کر شامیانے تک پہنچے بھی نہیں تھے کہ ہم نے اپنی گاڑی ایک جھٹکے کے ساتھ آگے بڑھائی اور بس گھر آکر ہی دم لیا۔

اب خاں صاحب سے ہماری جان پہچان بھی نہیں ہے۔

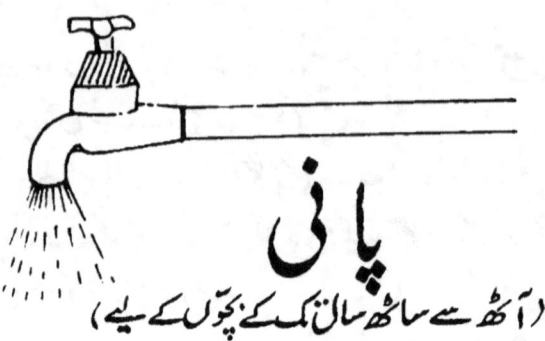

پانی

(آٹھ سے ساٹھ سال تک کے بچّوں کے لیے)

پانی کی کوئی ۵۰ قسمیں ہوتی ہیں ان ساری ۵۰ کی ۵۰ قسموں سے ہم واقف نہیں ہیں۔ اس لیے ہم پر زیادہ بھروسا مت کرو دنیا میں بیسیوں عالم فاضل لوگ بیکار گھومتے ہیں ان میں سے جب کوئی شخص مل جائے اُسے چھوڑنا مت۔ پانی کی ساری قسموں کے بارے میں اس سے معلوم کرلینا پھر اسے جانے دینا۔ چند قسمیں جن سے ہم واقف ہیں وہ ہم بتائے دیتے ہیں (ہم بہت فیّاض واقع ہوئے ہیں)۔

(۱) **پینے کا پانی**: پینے کا پانی سب نے دیکھا ہے یہ میونسپلٹی کے پائپ سے آتا ہے۔ (کبھی کبھی) پائپ سے البتّہ آوازیں ہمیشہ آتی رہتی ہیں۔ جن گھروں میں پانی کا نل نہیں ہوتا ان میں صرف بچّوں کی آوازیں سُنائی دیتی ہیں۔ جنھیں ڈانٹ ڈپٹ کر چُپ کرایا جاسکتا ہے یا انھیں پڑوس میں کھیلنے بھیجا جاسکتا ہے۔ لیکن میونسپلٹی کے نل کی آوازیں نہ تو بند کی جاسکتی ہیں نہ اسے گھر بدر کیا جاسکتا ہے۔ پینے کا پانی سب کو ملنا چاہیے اس لیے جگہ جگہ پبلک نل لگائے جاتے ہیں جہاں جہاں پبلک نل لگے ہیں وہاں

ہفتے میں دو دن یا کم سے ایک دن جنگ ضرور ہوتی ہے۔اس جنگ میں بالٹیاں، گھڑے اور ہر قسم کے برتن استعمال کیے جاتے ہیں۔ گھڑے مٹی کے ہوں تو ٹوٹ جاتے ہیں، پیتل تا تانبے کے ہوں تو لوگوں کے ہاتھ پانو ٹوٹ جاتے ہیں جو بعد میں کسی جراح کے ہاں بنائے جا سکتے ہیں۔

پینے کے پانی میں چھوٹے چھوٹے یعنی باریک کیڑوں کا ہونا ضروری ہے۔ان سب کیڑوں میں جان ہوتی ہے تھوڑی سی سہی لیکن ہوتی ضرور ہے۔ یہ کیڑے اپنی جان بچانے کی خاطر اپنے کو ظاہر نہیں کرنا چاہتے۔ اگر پانی میں یہ کیڑے نہ ہوں تو پانی پینے کے لائق نہیں ہوتا۔لوگ زندہ کیڑے پینا پسند نہیں کرتے،وہ پانی کو اُبال کر پیتے ہیں۔ پانی کو اُبالنے سے کیڑے مرجاتے ہیں لیکن رہتے ہیں پانی ہی میں۔ ان کیڑوں کو پیسے خرچ کیے بغیر دیکھا بھی نہیں جاسکتا۔اس کام کے لیے ایک خاص قسم کا شیشہ خریدنا پڑتا ہے۔ اُسے محدّب شیشہ کہتے ہیں۔ شوقین لوگ اس شیشے سے پانی کا معائنہ کرتے ہیں اور جب اطمینان ہو جاتا ہے کہ کیڑے کافی تعداد میں موجود ہیں تو پانی پی لیتے ہیں (ماشاء اللہ ماشاء اللہ)۔

پینے کا پانی میٹھا ہوتا ہے اس میں نہ تو شکر ملی ہوتی ہے نہ گڑ۔ یہ خود بخود میٹھا ہوتا ہے اسے قدرت کا کمال کہتے ہیں۔ اگر پانی یوں ہی میٹھا نہ ہوتا تو اس مہنگائی کے زمانے میں لوگ اس میں شکر کہاں سے ملاتے۔خدا کا شکر ادا کرنا چاہیے۔ اور دن میں چار چھے گلاس پانی ضرور پینا چاہیے۔ بعض جگہ کا پانی تو اتنا میٹھا ہوتا ہے کہ جی چاہتا ہے پیے جاؤ لیکن

آدمی کا پیٹ اونٹ کا کوہان نہیں ہوتا کہ ہفتے دو ہفتے کا پانی جمع کر لیا جائے (آدمی اس معاملے میں اونٹ سے بہت پیچھے ہے)۔

میٹھے پانی کے تالاب ہوتے ہیں۔ کنویں ہوتے ہیں۔ دریا بھی ہوتے ہیں۔ بس مشکل یہ ہے کہ اس کے سمندر نہیں ہوتے۔ سمندر کا پانی بھی اگر میٹھا ہوتا تو آدمی فائدے میں رہتا یا نقصان میں۔ یہ بات بھی اسی عالم فاضل سے پوچھنا جس سے پانی کی ۵۰ قسموں کے بارے میں تم معلومات حاصل کرنے والے ہو۔

۲- بارش کا پانی۔

جب ہم تمھاری طرح بچے تھے تو آسمان کی طرف حیرت سے دیکھا کرتے تھے، اس میں سوراخ تو ہیں نہیں لیکن آسمان سے پانی برابر برس رہا ہے۔ پھر کسی نے ہمیں بتایا کہ بارش کا پانی بادلوں سے برسا کرتا ہے اور بادل اسی زمین کے پانی سے بنتے ہیں۔ یہ انتظام ہمیں بہت پسند آیا۔

بارش کے پانی پر سب کا حق ہوتا ہے۔ جنگل کے درخت بھی اس سے اپنی پیاس بجھاتے ہیں۔ پہاڑ بھی نہاتے ہیں یعنی ہر اس جگہ پانی پہنچ جاتا ہے جہاں میونسپلٹی پانی نہیں پہنچا سکتی۔

بارش کے پانی میں ضرور بھیگنا چاہیے بلکہ اس میں بھیگنا ہی پڑتا ہے۔ اس دن کون چھتری لے کر نکلتا ہے۔ اخبار میں بارش ہونے کی خبر ضرور چھپتی ہے۔ لیکن اس پر یقین کوئی نہیں کرتا۔ بارش کی خوبی یہی ہے کہ آدمی جب تک اس میں بھیگتا نہیں

اُسے یقین نہیں ہوتا کہ بارش کا موسم آگیا ہے۔ بارش کے پہلے پانی سے جب سڑکیں دُھلتی ہیں تو ہمیں پتا چلتا ہے کہ ہم لوگ کس قدر میلے اور کتنے گندے شہر میں رہا کرتے ہیں۔ اگر بارش نہ ہو تو شہر کبھی دُھلیں ہی نہیں۔

ہم جو گیہوں، جوار، باجرا، چاول اور ایسی بہت سی چیزیں کھاتے ہیں سب بارش کے طفیل سے کھاتے ہیں۔ آدمی کی نسل اور اناج کے فصل میں گہرا رشتہ ہے۔ اناج کی فصل نہ ہو تو انسانی نسل بڑھے کیسے۔ اس لیے سارے موسموں میں بارش کا موسم "وی آئی پی" موسم مانا گیا ہے۔ اس کے آنے کی تاریخ مقرر ہوتی ہے، مثلاً ۷ ریا ۱۰ رجون۔ سردی اور گرمی کے موسم بھی آتے جاتے ہیں لیکن ان کی تاریخ مقرر نہیں ہوتی صرف مہینے ہوتے ہیں۔

کچھ لوگ بارش کے پانی سے بچنے کے لیے اپنا پورا حلیہ بدل ڈالتے ہیں (معلوم نہیں انھیں کس سے چھپنا ہوتا ہے) ایک لمبا برساتی کوٹ پہنتے ہیں یہ ان کے ٹخنوں تک آتا ہے اس کوٹ کے ساتھ ایک ٹوپی بھی ہوتی ہے جو صرف ان کے سر ہی کو نہیں ڈھانکتی ہے اسے سر پر چڑھا لیا جائے تو ان کی گردن۔ منہ اور کان تلاش کرنے پڑتے ہیں۔ یہ لوگ جوتا بھی ایسا پہنتے ہیں جو ان کی پنڈلیوں کو بھی چھپا لیتا ہے (گھٹنوں تک پہنچنے والا جوتا پہنیں تو اور اچھا ہے) اتنی سب چیزیں اوڑھنے پہننے پر بھی ان کا دل نہیں بھرتا۔ اس لیے وہ چھتری بھی ساتھ رکھتے ہیں اور اسے کھول کر اپنے کندھے پر لٹکا لیتے ہیں۔ اِس حالت میں اُن کے

محلّے والے تو ایک طرف رہے اُن کے گھر والے بھی انھیں نہیں پہچان سکتے اور بڑی مشکل سے اُنھیں گھر میں آنے دیتے ہیں۔ اتنا سارا انتظام کرنے کے بعد بھی یہ لوگ بھیگتے ضرور ہیں اور گھر پہنچ کر گھنٹوں اپنے کپڑے نچوڑتے رہتے ہیں۔ بارش کا پانی ہر جگہ اپنا راستہ پیدا کر لیتا ہے۔

بارش کے پانی میں بھیگنا ضرور چاہیے۔ اس سے زکام ہوتا ہے اور بارش کا سارا پانی ناک سے بہہ جاتا ہے، یہ بھی قدرت کا کمال ہے۔

بارش کے پانی سے سبھی جانور نہاتے ہیں لیکن بلّی ناراض ہوتی ہے کیوں کہ بھیگی بلّی چوہے نہیں پکڑ سکتی۔ اکثر لوگ بھی بھیگی بلّی کی اداکاری دکھاتے ہیں ان سے ذرا چوکنا رہنا چاہیے۔

۳۔ نہانے کا پانی

اس پانی میں کوئی خاص بات نہیں ہوتی۔ کسی بھی پانی سے نہایا جا سکتا ہے لیکن کچھ لوگ ٹھنڈے پانی سے نہاتے ہیں اور کچھ گرم پانی سے۔ کچھ لوگ ایسے بھی ہوتے ہیں جو پہلے گرم پانی کرواتے ہیں اور یہ رکھے رکھے جب تک ٹھنڈا نہیں ہو جاتا نہیں نہاتے۔ کچھ لوگ سردیوں میں سرد پانی سے اور گرمیوں میں گرم پانی سے نہاتے ہیں (نہانے دو تمھارا کیا بگڑتا ہے)۔

نہانے کے پانی کے حوض بھی ہوتے ہیں۔ پہلے حوض بنایا جاتا ہے اور پھر اس میں پانی ڈالا جاتا ہے۔ ایک حوض میں کئی لوگ ایک ساتھ نہا سکتے ہیں۔ ایسے حوض دس سال میں ایک مرتبہ

دھوتے جاتے ہیں۔اُسی پانی سے جو اُن میں موجود رہتا ہے ــــ
حوض میں نہانے کے لیے تیرنا جاننا ضروری ہے۔اس کے بھی اسکول کھل گئے ہیں اور دو چار مرتبہ اچھی طرح ڈوبنے کے بعد تیرنا آجاتا ہے۔ تیرنا سیکھنے کے بعد چھلانگیں لگانا سیکھنا چاہیے۔جو شخص بھی سب سے زیادہ اونچائی سے چھلانگ لگاتا ہے اسے زیادہ دیر تک نہانے کی اجازت ہوتی ہے لوگ تالیاں بھی بجاتے ہیں۔کچھ لوگ گٹھری بن کر پانی میں چھلانگ لگاتے ہیں اور کچھ قلابازیاں کھاتے ہوئے کودتے ہیں۔ان لوگوں کو دیکھنا بھی کافی ہوتا ہے حوض میں اُترے بغیر نہانے کا مزہ آتا ہے۔

کچھ لوگ ایسے بھی ہوتے ہیں جو بہت صاف ستھرے ہوتے ہیں ایسے لوگ صرف دو لوٹے پانی نہاتے ہیں۔ (ایک لوٹا کیوں نہیں نہاتے! دو لوٹے پانی تو بہت ہوتا ہے)۔

کچھ لوگ نہاتے ہی نہیں صرف صاف ستھرے کپڑے پہنتے ہیں۔اور جسم پر پاؤڈر چھڑک لیتے ہیں ایسے لوگوں کو سمندر میں لے جاکر ڈبانا چاہیے۔دو دن میں ٹھیک ہو جائیں گے۔

۴۔ نہانے کا پانی

یوں تو نہانے کا پانی بھی بہہ جاتا ہے لیکن بہانے کا پانی وہ ہوتا ہے جس سے کوئی کام نہ لیا جائے بلکہ اسے یونہی بہایا جائے۔دریا کے پانی کو بھی بہانے کا پانی نہیں کہا جا سکتا کیونکہ یہ بہتا کہاں ہے دریا ہی میں رہتا ہے۔بہہ کر اگر کہیں اور جاتا ہے تو ہمیں اس کی اطلاع نہیں ہے۔بہانے کا پانی وہ

ہوتا ہے جو اپنے گھر میں نل سے بہایا جاتا ہے۔ نل کھلا چھوڑ دیا جائے تو یہ بہتا پانی بہت اچھا معلوم ہوتا ہے۔ ایک چھوٹی سی پیالی یا چمچہ دھونا ہے تو پورا نل کھولنا چاہیے اور اُسے صرف اس وقت بند کر دینا چاہیے جب یقین ہو جائے کہ اب اس میں پانی آنا بند ہو گیا ہے۔ نل میں اگر پانی صبح کے وقت آتا ہو تو رات ہی میں نل کے نیچے گھڑا رکھ کر نل کھول دینا چاہیے اور صبح دیر میں اٹھنا چاہیے۔ جس گھر میں بچے پانی بہانا نہیں سیکھتے وہ پڑھنے لکھنے میں پیچھے رہ جاتے ہیں۔

بارش کے دنوں میں پانی بہانے کی ترکیب یہ ہے کہ جب بارش ہو رہی ہو، گھر کے نل سے ربر کا پائپ جوڑ کر، سر پر چھتری لگا کر درختوں کو پانی دینا چاہیے۔ سر پر چھتری نہ بھی ہو تو کوئی حرج نہیں۔ پائپ سے پانی ضرور پہنچانا چاہیے۔ درخت اسی طرح بڑھتے ہیں اور ان میں پھول پتے بھی خوب آتے ہیں۔

یہ بھی کہا جا سکتا ہے کہ نل میں ٹونٹی ہی نہ لگائی جائے کون کھول بند کرتا بیٹھا رہے گا۔

د۔ سونے کا پانی

یہ پانی ہم نے نہیں دیکھا بس اس کے بارے میں سنا بہت ہے۔ یہ پانی سُناروں کے ہاں ہوتا ہے۔ سُنار اس پانی کو پیتل تانبے اور چاندی کے زیوروں پر چڑھاتے ہیں (کس طرح چڑھاتے ہیں ہمیں کیا معلوم)، سونے کا پانی چڑھانے سے معمولی دھاتوں کے زیور بھی سونے کے زیور دکھائی دینے لگتے ہیں اور پہننے والے بہت

خوش ہوتے ہیں کہ کیسا چکمہ دیا۔

۶۔ آنکھ کا پانی

پانی کی جتنی بھی قسمیں ہیں چاہے وہ ۵۰ ہوں یا ۵۰۰۔
ان سب میں سب سے قیمتی آنکھ کا پانی ہوتا ہے۔ یہ نظر نہیں آتا
لیکن یہ پانی اگر مر جائے تو سمجھو سب کچھ ختم ہو گیا۔
آنکھ کا پانی ایک آنکھ میں نہیں دونوں آنکھوں میں ہوا کرتا ہے!
جب تم کسی عالم فاضل شخص سے ملو گے تو سب سے پہلے
اس پانی کے بارے میں پوچھنا۔

گھر کی مُرغی

مرغی ہمیں بہت پسند ہے، تمھیں بھی پسند ہوگی لیکن ہمیں ذرا زیادہ پسند ہے، چاہے وہ زندہ ہو یا بے جان۔ بے جان سے مطلب یہ کہ دستر خوان پر ہو۔ مرغی کی بہار تو دسترخوان پر دیکھنی چاہیے پک پکا کر بھی مرغی ہی دکھائی دیتی ہے۔ اس میں بس ایک ہی خرابی ہوتی ہے۔ وہ یہ کہ اس کی صرف دو ٹانگیں ہوتی ہیں اگر قدرت اسے دو کی جگہ چار ٹانگیں دے دیتی تو دنیا کا کوئی کام تو نہیں رک جاتا نہ قدرت کے خزانے میں کوئی کمی واقع ہو سکتی تھی۔ دو ٹانگوں کی بات ہی کیا تھی۔ دستر خوان پر تو مزہ آتا ہی لیکن خود مرغی بھی ان ٹانگوں سے کچھ نہ کچھ فائدہ حاصل کرتی ہی۔ مرغی کے لیے چار ٹانگوں کی سفارش ہم اس لیے بھی کر رہے ہیں کہ بے چاری کتنا کام کرتی ہے۔ جب دیکھو مصروف۔ جب دیکھو کسی نہ کسی کام میں جٹی ہوئی ہے۔ دن رات گھریلو کام کرتی رہتی ہے۔ روزانہ مقررہ وقت پر انڈا دیتی ہے۔ انڈا دینے کا وقت اس نے خود مقرر کیا ہے۔ صبح ناشتے کے وقت وہ انڈا نہیں دیتی۔ سمجھدار ہے۔ صبح دے گی تو اسے آپ کب

ڈھونڈیں گے اور کب اس کا آملیٹ بنائیں گے۔ اس لیے اس نے دن کا وقت ڈھونڈا ہے۔ ٹھیک بھی ہے۔ سب لوگ دن میں کام کرتے ہیں، یہ بھی اپنا کام دن میں کرتی ہے۔ انڈا وہ چھپ کر دیتی ہے، ہوگی کوئی وجہ۔ اور وہ کسی کو بتاتی بھی نہیں کہ اس نے انڈا کس کونے میں دیا ہے، ڈھونڈنا پڑتا ہے۔ یہ بھی ٹھیک ہے انڈا کھانا ہے تو ڈھونڈو۔ اب مرغی کسی کی گود میں بیٹھ کر تو یہ کام کرنے سے رہی۔ کچھ ہو جائے، انڈا تو وہ چھپ کر ہی دے گی۔ مرغی جب انڈے دینا بند کر دیتی ہے تو وہ انڈوں سے بچے پیدا کرتی ہے اور مرغی یہ بات اچھی طرح جانتی ہے کہ یہ سارے انڈے اس کے اپنے نہیں ہیں لیکن یہ اس کی صاف دلی ہے کہ وہ سب انڈوں کے ساتھ یکساں سلوک کرتی ہے۔ اُسے سب انڈوں سے ایک سی محبت ہوتی ہے۔ کاش انسان مرغی سے کچھ سیکھتا۔ وہ ان غیر مرغیوں کے انڈوں کو بڑی محبت سے سیتی ہے اور یہ اس کی محنت اور پیار کا نتیجہ ہوتا ہے کہ چند ہی دنوں میں گھر کے آنگن میں کوئی ڈیڑھ درجن چوزے چوں چوں کرتے نظر آتے ہیں۔ یہ چوزے الگ الگ رنگ کے ہوتے ہیں۔ کوئی بھورا کوئی سفید، کوئی چتکبرا، کوئی کالا، کوئی کاسنی، انھیں الگ الگ رنگ کا ہونا ہی چاہیے۔ نکلے بھی تو یہ الگ الگ مرغیوں کے انڈوں سے ہیں ... مرغی ان سب چوزوں کی حفاظت کرتی ہے۔ کیا مجال کوئی بچہ، کوئی بلی ان کے نزدیک آجائے۔ گھر میں رونق الگ رہتی ہے۔

مرغی تو بلّی پر جھپٹنے کی بھی کوشش کرتی ہے اور جب دیکھتی ہے کہ خطرہ بہت قریب آگیا ہے تو اپنا الارم بجانا شروع کردیتی ہے اور اتنا شور کرتی ہے جیسے مرغی نہ ہو فائر بریگیڈ ہو۔ بچّے بڑے سب بھاگ کر مرغی کی خیریت دریافت کرنے آجاتے ہیں۔ بلّی دبے پانو فرار ہو جاتی ہے۔ بلی مرغی کی دشمن ہوتی ہے۔ جب دشمن کے چار پانو ہیں تو مرغی کے بھی اتنے پانو ہونے چاہیے تھے یہ پانو میدانِ جنگ میں اس کے اور دسترخوان پر ہمارے کام آتے۔

معلوم نہیں مرغی کی ٹانگ ہر کسی کو کیوں پسند آتی ہے۔ مشکل تو اس وقت آتی ہے جب مہمانوں کے لیے مرغی پکی ہو۔ مرغی پکڑیں ہم اس کے پیچھے آدھا گھنٹہ بھاگیں ہم مرغی چھیلنے میں مدد کریں ہم، اور جب مرغی پک کر دسترخوان پر آئے تو امّی اس کی ایک ٹانگ اپنی سہیلی کی پلیٹ میں ڈال دیں اور دوسری سہیلی کی بیٹی کے پلیٹ میں۔ یہ بھی کوئی انصاف ہوا؟ دل تو ضرور دکھتا ہے لیکن کوئی بات نہیں۔ مرغی کی صرف ٹانگیں تھوڑی ہی ہوتی ہیں اور بھی تو چیزیں ہوتی ہیں اور ان سب کا مزہ ایک سا ہوتا ہے۔ بلکہ ہم تو کہتے ہیں یہ دوسری چیزیں ہی کھانی چاہیے کسی کو پتا ہی نہیں چلتا کیا کیا کھایا ہے جب کہ مرغی کی ٹانگ بعد میں بھی چغلی کھاتی رہتی ہے اور بتاتی ہے کہ یہ کس نے کھائی ہے۔

مرغی کا جوس بھی نکلتا ہے اسے سوپ کہتے ہیں مرغی کے سوپ میں تو طاقت ہی طاقت ہوتی ہے۔ یہ عرق پی کر کمزور تندرست ہو جاتے ہیں۔ جوس کے لیے جو مرغیاں استعمال کی جاتی ہیں، وہ

مرغیاں نہیں ہوتیں چوزے ہوتے ہیں۔ کہتے ہیں ان کے عرق میں زیادہ طاقت ہوتی ہے یہ بھی اچھی چیز ہے لیکن سال میں بس ایک یا دو مرتبہ پینا چاہیے۔ یہ بھی بہت ہو گیا۔ ہم سوچتے ہیں اگر مرغی کی چار ٹانگیں ہوتیں تو جوس بھی مقدار سے زیادہ نکلتا اور اور جگہ جگہ اس کی بھی دکانیں لگی ہوتیں۔ یہ بھی اسی طرح بکتا جیسے گنے کا رس بکتا ہے۔

مرغی اپنا رزق خود پیدا کر لیتی ہے۔ بس اسے دن میں آزاد چھوڑ دینا چاہیے۔ کبھی کھانا مانگنے آپ کے سامنے نہیں آئے گی۔ ہاں کھانے کی کوئی چیز نظر آ جائے تو کیا مجال جو چھوڑ دے۔ ظاہر ہے کیوں چھوڑے گی! کیا ہم مرغی کو چھوڑ دیتے ہیں۔

مرغی کی بس ایک ہی مشکل ہے۔ اسے اپنا ایک گھر چاہیے، چاہے وہ جھانپ ہو یا ڈربا وہ رہے گی الگ۔ ایک بڑے ٹوکرے میں دو تین مرغیاں آسانی سے زندگی گزار لیتی ہیں۔ ٹوکرا الٹا ہونا چاہیے اور اس پر ایک بڑا سا پتھر بھی رکھا ہونا چاہیے۔ بلی تو مرغی کی بو سونگھ لیتی ہے۔ مرغی کو جتنا بلی سے بچاؤ گے مرغی اتنی ہی تمھارے کام آئے گی۔

ہم یہ بھی سوچتے ہیں کہ یہ شکاری بڑی بڑی بندوقیں لے کر رات رات بھر جنگلوں میں مارے مارے پھرتے ہیں کہ کوئی ہرن ہاتھ آ جائے، کوئی خرگوش ہی مل جائے۔ ارے میاں آرام سے گھر بیٹھو اور شکار کا ہی شوق ہے تو مرغی کا شکار کرو۔ گھر کی مرغی ہوتی ہی بچاری دال برابر ہے ہاں اس کی چار ٹانگیں ہوتیں تو بات اور تھی۔

مُٹاپا بھی اچھّی چیز ہے

نام تو ان کا جمیل تھا لیکن گھر میں، محلّے میں، بازار میں اور مدرسے میں سبھی لوگ انھیں صرف جمّو جمّو ہی کہہ کر مخاطب کرتے تھے (ایک مرتبہ جمّو کہا جائے تو یہ کبھی نہیں سنتے تھے) ساتویں جماعت میں پڑھتے تھے۔ عمر ہوگی یہی کوئی ۱۱-۱۲ سال لیکن بہت وزنی تھے۔ جب بھی انھیں تولا گیا ۵۵ کلو سے کم پر سوئی نہیں ٹھہری۔ ان کے ساتھی انھیں ہمیشہ ٹوکا کرتے کہ میاں بار بار مشین پر مت چڑھا کرو، بگڑ جائے گی۔ گول مٹول بھی تھے۔ شمال کی طرف بڑھنے کے بجائے یہ مشرق اور مغرب میں زیادہ پھیل رہے تھے۔ ہر ۴-۶ مہینے بعد ان کے کپڑوں کی مرمّت ضروری تھی۔ اُدھیڑے جاتے اور پھر سیے جاتے۔ نئے کرتے پاجامے سِلتے تو ان میں اتنی گنجایش رکھی جاتی کہ ایک جوڑا اور سل جائے۔ ان کے بھائی، بہن ان کے مٹاپے سے پریشان رہتے تھے۔ بہنیں تو روتی بھی تھیں۔ آخر کپڑے تو انھیں ہی ٹھیک کرنے پڑتے تھے۔ کھانے کا انھیں زیادہ شوق نہیں

تھا۔ بس دن میں پانچ چھے مرتبہ کھانا کھالیا پیٹ بھر گیا۔ بیچ بیچ میں بھی کچھ کھاپی لیتے تھے۔ بہت صفائی پسند تھے۔ ان کی امی کو نعمت خانہ صاف کرنے کی کبھی ضرورت پیش نہیں آئی. یہ اپنا بستر، میز، کتابیں صاف کریں یا نہ کریں،نعمت خانہ ضرور صاف کر دیتے تھے۔ صحن میں، سائبان میں، یا کسی کھلی جگہ چلتے تو لوگوں کو اطمینان رہتا تھا۔ باورچی خانے یا کسی کمرے میں جب بھی چلے کوئی نہ کوئی سامان ضرور گرا۔ سامنے کی طرف چلنا انھیں اچھا معلوم نہیں ہوتا تھا،ہمیشہ دائیں بائیں چلتے۔ سڑک پر بھی چلتے تو کیا مجال کہ پیچھے چلنے والا کوئی شخص ان سے آگے نکل جائے۔ اس کی سمجھ ہی میں نہیں آتا تھا کہ دائیں طرف سے نکلے یا بائیں طرف سے۔

اسکول میں جب بھی بچوں کا ڈاکٹری معائنہ ہوتا ڈاکٹر انھیں دیکھ کر بہت خوش ہوتے۔ انھیں اسٹول پر کھڑا کر دیتے اور سب سے کہتے کہ دیکھو، لڑکوں کو اتنا صحت مند اور تندرست ہونا چاہیے۔ ایک مرتبہ جب انھیں اسٹول پر کھڑا کیا گیا تو اسٹول ہی ٹوٹ گیا۔ اسکول کے چپراسی کو کئی دن بیٹھنے کو اسٹول ہی نہیں ملا۔ بچارا کسی پرانے کھوکھے پر دری بچھا کر بیٹھا کرتا اور ہیڈ ماسٹر صاحب کو دن میں ۴ مرتبہ سلام کرتا۔ دوسری مرتبہ انھیں نمائش کے لیے میز پر کھڑا کیا گیا اور جب تک یہ میز پر کھڑے رہے وہ بھی ہلتی رہی۔ اس کے بعد خود ہی انھوں نے ڈاکٹروں سے کہہ دیا کہ اب وہ میز کرسیوں پر نہیں چڑھا کریں گے۔
ہم سب کے دیکھے ہوئے ہیں،ایسا نہیں ہے کہ جمّو جمّو بڑے ہونے

کے بعد، گول مٹول ہوتے یہ بچپن ہی سے ایسے تھے، خوب موٹے موٹے گال تھے ان کے۔ کبھی کسی کی دو انگلیوں میں نہیں سمائے۔ اس عمر میں بھی ان کے دبیز گالوں میں کوئی کمی واقع نہیں ہوئی تھی۔ اور یہ جب بھی بات کرتے تو ہونٹوں کے ساتھ ان کے گال بھی ضرور حرکت میں آجاتے۔ ان کے استاد کہا کرتے تھے کہ جمو جمو اپنے منہ سے نہیں اپنے گالوں سے بات کرتے ہیں۔

کمال تو یہ ہے کہ انھیں ٹھیک سے چلنا نہیں آتا تھا لیکن شوق تھا بھاگنے کا۔ بھاگتے تو ایسا معلوم ہوتا کوئی تربوز لڑھک رہا ہے۔ کبھی ایسا نہیں ہوا کہ یہ بھاگنے کی کوشش میں ہر دو قدم پر گرے نہ ہوں۔ جب بھی یہ گھر واپس ہوتے یا تو ان کی کہنیاں چھلی ہوئی ہوتیں یا گھٹنے زخمی ہوتے۔ گھر میں ان کے لیے ٹنکچر ایوڈین، لوزانی تیل، ایوڈیکس وغیرہ قسم کی چیزیں ہمیشہ رکھی رہتیں۔ کھیل کود سے ان کی دلچسپی جب بہت بڑھ گئی اور یہ دن رات لڑھکتے اور زخمی ہوتے نظر آتے تو انھیں مشورہ دیا گیا کہ یہ رسّہ کشی کے مقابلے میں حصّہ لیا کریں اور ٹیم کی محافظ کی حیثیت سے سب کے پیچھے کھڑے ہوں۔ رسّہ ان کی کمر کے گرد لپیٹ دیا جاتا اور یہ بُت بن کر کھڑے ہو جاتے۔ بالکل مجسّمہ نظر آتے۔ مدرسہ میں جب رسّہ کشی کی جماعت واری مقابلے ہوئے ان کی ٹیم ہی فتح یاب ہوئی اور سکندر اعظم شیلڈ کی مستحق قرار پائی۔ ۱۰ کے ۱۰ کھلاڑیوں کے قدم لڑکھڑا جاتے۔ لیکن جمو جمو اپنی جگہ جمے رہتے۔ پھر کسی نے انھیں مشورہ دیا کہ تم کبڈی بھی کھیل سکتے ہو۔

کیونکہ کوئی تمھیں پکڑ ہی نہیں سکتا۔ انھوں نے کبڈی کھیلنا شروع کر دیا۔ مخالف ٹیم کا کھلاڑی دوڑتا آتا اور یہ سب سے پہلے آوٹ ہو جاتے۔ ہل ہی نہیں پاتے تھے مارے جاتے اور باہر جا کر بیٹھ جاتے۔ مخالف ٹیم کا کوئی کھلاڑی آوٹ ہوتا اور یہ دوبارہ تشریف لاتے لیکن صرف واپس جانے کے لیے۔ پھر بھی انھوں نے ہمت نہیں ہاری۔ ایک مرتبہ جب انھیں مخالف ٹیم کے علاقے میں داخل ہو کر کبڈی، کبڈی کہنے کا موقع ملا اور یہ پکڑے گئے تو یہ غنیم کے ۵ کھلاڑیوں کے ساتھ گھسیٹ کر لائن تک آ گئے۔ اس دن سے انھیں کبڈی کا بھی چمپین مان لیا گیا۔ پھرتی ان میں تھی نہیں لیکن وزن تو تھا۔ اور یہ بات سبھی جانتے ہیں کہ کبڈی میں صرف پھرتیلا ہونا کافی نہیں، وزن دار ہونا بھی ضروری ہے۔ ایک مرتبہ تو انھوں نے کمال ہی کر دیا۔ اُدھر سے کبڈی، کبڈی کہتا ہوا ایک کھلاڑی ان کی ریاست میں داخل ہوا اور ان کے ساتھیوں نے اس کی ٹانگ پکڑ لی وہ بھی خوب بنا ہوا تھا۔ دم دار بھی تھا۔ زمین پر گر پڑا کبڈی، کبڈی کرتا رہا اور لائن پار کرنے کی نوبت پر تھا کہ انھوں نے کچھ اس طرح اس کی گردن پر ہاتھ رکھا کہ ان کے منہ سے کبڈی کبڈی کی آواز تو ایک طرف رہی، سانس چلنے کی آواز بھی مشکل ہی سے سنائی دی۔ ان کا یہ کارنامہ، کھیل کے قاعدے میں فٹ نہیں ہوتا تھا لیکن ان کے ہاتھ کی صفائی ریفری کو نظر ہی نہیں آئی۔ اس دن سے یہ کبڈی کے گردن ناپنے والے کھلاڑی مشہور ہو گئے۔ جسم پر پھنسی پھنسی بنیائن اور نیکر پہن کر

جب بھی یہ کبڈی کے میدان میں اُترتے، ہر طرف سے سیٹیاں اور تالیاں بجنے لگتیں۔ اس لباس میں ان کی تصویریں کھینچ کر، ہوزیری فروخت کرنے والوں نے اپنی دُکان پر لگادیں اور تصویر کے نیچے لکھ دیا کہ بڑے سے بڑے سائز کا بنیائن اور نیکر ہمارے یہاں مل سکتے ہیں۔ ہم کہیں گے تو شاید کوئی یقین نہیں کرے گا لیکن ٹی شرٹ بنانے والی ایک کمپنی نے تو ان کی تصویر ہی اپنی ٹی شرٹ پر چھاپ دی اور انھیں ایک درجن ٹی شرٹ تحفے میں پیش کیں (ساتھ میں خشک میوے کا ایک ڈبا بھی تھا اور جمّو جمّو کو یہی ڈبّا زیادہ پسند آیا) ہوزیری کارخانے والے تو انھیں مہابلیشور بھی بھیجنے کے لیے تیار تھے کارخانے کے خرچ پر۔ لیکن جمّو جمّو کے والدین ہی راضی نہیں ہوئے۔ جس دن ٹی شرٹ کا تحفہ ان کے گھر پہنچا ان کی بہنیں بہت خوش ہوئیں کہ چلو اب تو ان کے کُرتے نہیں سینے پڑیں گے۔ انھوں نے ان سے کہہ بھی دیا کہ میاں اب اپنا جسم کچھ دن اسی ٹی شرٹ کے مطابق رہنے دو۔ ورنہ یہ سب شرٹیں ضائع ہو جائیں گی۔ زیادہ پھیلنا مت۔ جمّو جمّو اس نصیحت پر اپنے دونوں گالوں سے مسکرائے۔

لیکن جمّو جمّو اپنے حالات سے خوش نہیں تھے۔ ان کا دل نہ کشتی اور کبڈی جیسے کھیلوں میں نہیں لگتا تھا۔ وہ سوچتے تھے کہ جب وہ اپنے اس مٹاپے کے ساتھ، کام کے آدمی بن سکتے ہیں تو مٹاپا دور کرنے کے بعد وہ کتنے زیادہ کارآمد ثابت ہو سکتے ہیں۔ جب بھی وہ اخباروں اور رسالوں میں فٹ بال اور ہاکی کے کھلاڑیوں کی تصویریں دیکھتے تو ان کا دل مچل جاتا اور وہ

چاہتے کاش وہ ایسے ہی سڈول ہوتے تو فٹ بال ٹیم کا کپتان بن کر میئر کے ہاتھوں سے گولڈ شیلڈ لیتے اور اخباروں کے فوٹوگرافر کلک کلک ان کی تصویریں کھینچتے۔

اور ایک دن ان کے جی میں کیا آئی کہ یہ صبح سویرے ۵ بجے اٹھ بیٹھے، ٹی شرٹ اور نیکر پہن کر گھر سے باہر نکل پڑے اور سمندر کی سمت چل دیے۔ سمندر میں کود پڑنے کے لیے نہیں بل کہ اچھل کود کے لیے۔ کسی نے ان سے کہا تھا کہ تندرست اور سڈول رہنے کے لیے جاگنگ (اچھل کود) ضروری ہے۔ اتنی صبح انھیں کوئی دیکھنے والا تھا بھی نہیں۔ دو چار لوگوں نے دیکھا اور ہنسے بھی لیکن انھوں نے پروا نہیں کی کودتے رہے (زمین ہلتی رہی)

اِدھر گھر میں انھیں ہر طرف ڈھونڈا گیا تو کہیں نہیں پائے گئے۔ سب پریشان کہ جمّو جمّو رات کو تو بستر میں تھے، صبح سویرے انھیں کون اٹھالے گیا (جیسے انھیں کوئی لے بھی جا سکتا تھا) گھنٹے ڈیڑھ گھنٹے کے بعد یہ واپس آئے تو سارا گھر ان کے گرد جمع ہوگیا (جیسے یہ کوئی شمع ہوں اور دوسرے سب پروانے) انھیں پسینا پسینا دیکھ کر سب لوگ اور بھی پریشان ہوئے۔ ہر شخص سوال کر رہا ہے اور یہ ہیں کہ بس کھڑے ہانپ رہے ہیں۔ بڑی دیر بعد یہ سب کو بتا سکے کہ کہاں گئے تھے اور کیوں گئے تھے؟

بھائی بہنوں نے پوچھا کہ تم دبلے کیوں ہونا چاہتے ہو اور امّی نے تو کہا، تم موٹے ہو ہی کہاں۔ دبلے ہونے کی ضرورت نہیں! تمھیں کیا شہر کا قاضی بننا ہے؟' لیکن جمّو جمّو نے طے کر لیا تو طے

کر لیا۔

دسویں جماعت تک پہنچتے پہنچتے جموجمو سچ مچ کے جمیل بن گئے۔ قد بھی نکل آیا اور موٹاپا چھٹ چھٹا کر پتا نہیں کہاں چلا گیا۔ یہ فٹ بال بھی کھیلنے لگے اور سو گز کی دوڑ میں تو جب دیکھو پہلا یا دوسرا انعام لیے چلے آ رہے ہیں اور ایک وقت تھا جب یہی جموجمو خود فٹ بال کی طرح لڑھکتے تھے اور ۱۰۰ گز دوڑنا تو دُور پانچ گز بھی مشکل ہی سے دوڑ پاتے تھے اور ان کے ساتھی اتنے ہی وقت میں ۱۰۰ گز کی دوڑ پوری کر کے کپڑے وپڑے بھی پہن لیتے۔ وہ بھی کیا زمانہ تھا۔ اسکول کے سنہرے دن اور لڑکوں کی روپہلی ہنسی۔ جن لڑکوں کو کبھی ہنسنا نہیں آیا، جموجمو کو دیکھ کر ضرور ہنستے۔ تھوڑا ہی سہی لیکن ہنستے ضرور۔

پھر یہ ہوا کہ اسکول کی تعلیم ختم ہوئی تو سب ساتھی اِدھر اُدھر ہو گئے۔ کوئی نوکری سے لگ گیا، کوئی شادی کر بیٹھا۔ کسی نے ڈاکٹری پڑھنے کے لیے ۴، ۵ جگہ فیسیں بھریں۔ وقت ہوا کے گھوڑے پر سوار ہو کر سفر کرتا رہا۔ کہیں نہیں رُکا۔ لوگ اس کے ساتھ چل رہے ہیں یا نہیں وقت نے کبھی پیچھے مڑ کر نہیں دیکھا (اور اس کی پیٹھ پر آنکھیں بھی نہیں ہیں) دن ہفتے بنے، ہفتے مہینے بنے، اور مہینے سال۔ اس طرح کئی سال گزر گئے اور ایک دن جب ہم کسی اخبار میں اسپورٹس کالم کی خبریں پڑھ رہے تھے تو اچانک ہماری نظر ایک تصویر پر ٹھہر گئی۔ کسی بڑے ٹورنامنٹ کے تقسیم انعامات کے جلسے کی تصویر تھی جس میں ایک ۲۰، ۲۲ سال کا تندرست نوجوان

شہر کے میئر کے ہاتھوں سے فٹ بال شیلڈ لیتا ہوا نظر آ رہا تھا۔ نوجوان کی صورت دیکھی بھالی معلوم ہوئی۔ خبر پڑھی تو دِل خوشی سے بلّیوں اُچھلنے لگا (دل بلّیوں اُچھلتا ضرور ہے لیکن اپنی جگہ پر ہی رہتا ہے کیوں کہ یہ دل ہے کوئی فٹ بال نہیں) لکھا تھا ایف سی کالج چانسلر کپ فٹ بال ٹورنامنٹ میں فتح یاب۔ کالج ٹیم کے کپتان جمیل جو شہر میں جمّو جمیل کے نام سے مشہور ہیں، ٹورنامنٹ کے سب سے بہتر کھلاڑی مانے گئے۔ انھیں خصوصی انعام بھی دیا گیا۔

خبر پڑھ کر ہم صرف دو مرتبہ باغ باغ نہیں چار باغ ہو گئے۔ اور اس بات پر بھی ایمان لے آئے کہ موٹاپا بھی اچھی چیز ہے بشرطیکہ اِسے چھانٹا جائے۔

جادوگر

(بچوں کی کہانیاں)

مصنف : رام سروپ کوشل

ناشر : تعمیر پبلی کیشنز (حیدرآباد، انڈیا)

بین الاقوامی ایڈیشن
شائع ہو چکا ہے